I0564839

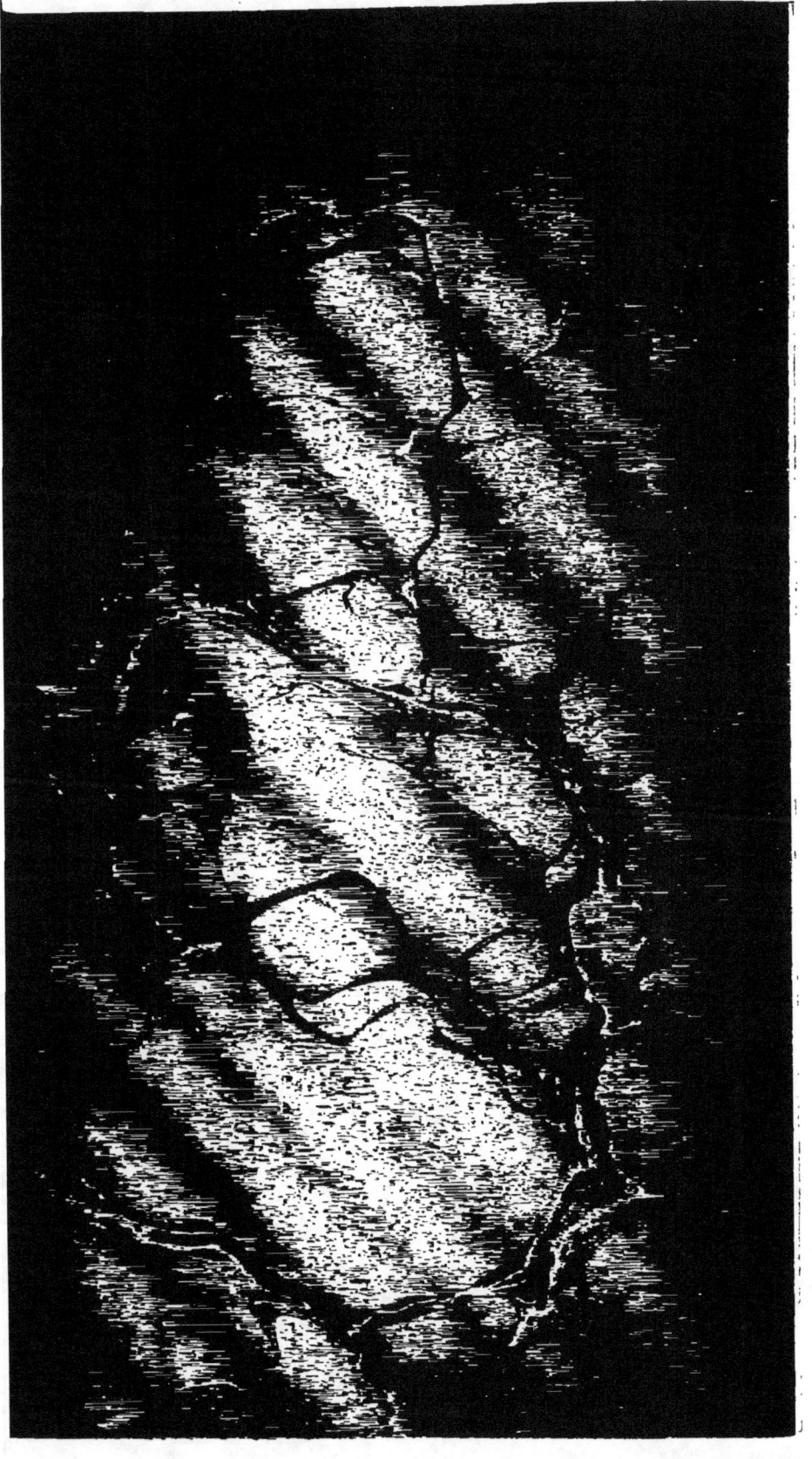

FANFAN,

OU

LA DÉCOUVERTE

DU NOUVEAU MONDE,

POEME HÉROÏ-COMIQUE EN SIX CHANTS ;

———

SE TROUVE

à PARIS, chez GUILLAUME, libraire, rue de la harpe, n° 17 ;

à ROUEN, chez AUZOULT, libraire, rue grand pont;

à BRUXELLES, chez A. STAPLEAUX, imprimeur-libraire, rue de la Madelaine ;

à CALAIS, chez BELLEGARDE, rue impériale.

FANFAN,

OU

LA DÉCOUVERTE

DU NOUVEAU MONDE,

POEME HÉROÏ-COMIQUE EN SIX CHANTS ;

PAR ACHILE LÉONNAR,

Auteur des Essais sur la Chasse.

Un fou , de moins , fait rire et peut nous égayer ,
Mais un froid écrivain ne fait rien qu'ennuyer.
J'aime mieux Bergerac et sa burlesque audace ,
Que ces vers où Motin nous morfond et nous glace.

BOILEAU ; Art Poét.

1809.

Deux exemplaires sont déposés à la bibliothèque nationale. On poursuivra, conformément aux lois, tous contrefacteurs et débiteurs.

SUJET DU POËME.

Un jeune parisien, né sous les murs du Palais de Justice, est parvenu jusqu'à quinze ans. A l'exemple de beaucoup de ses chers compatriotes, il n'a point encore sorti de son quartier : il ignore totalement qu'il en existe d'autres ; et le voyage qu'il fait, avec son précepteur, au-delà de la Seine pour les découvrir, est le sujet du poëme.

AVERTISSEMENT.

Sans doute, je ferai aussi une préface !
C'est chose d'étiquette si indispensable aujourd'hui, qu'il n'y a pas jusqu'à l'almanach
de Liége qui n'ait aussi la sienne.

Je puis donc ici, abusant de la permis-
sion d'ennuyer, généralement accordée à
tout faiseur de préfaces, remonter longuement à l'origine des connaissances humai-
nes, et dans de savantes dissertations,
montrer au lecteur endormi, l'origine et le
berceau de l'épopée, et le tableau des grands
hommes qui en ont si bien soutenu la gloire,
depuis l'immortel auteur de l'Iliade, jusqu'à
celui du vaillant Dom - Quichotte de la
Manche.

Je ferai cependant grâce au lecteur de

I.

ce petit échantillon d'érudition. Il n'y trou-
verait presque partout, d'ailleurs, que des
auteurs vilipendés pendant leur vie et divi-
nisés après leur mort. Tel est le sort de
presque tous les poëtes, depuis le premier
jusqu'au dernier.

Ah ! Colletet ! Colletet ! impitoyable
bourreau de l'harmonie, rimeur infatigable
autant que fatigant ! que n'envisageais-tu
dans les vicissitudes de la fortune cette res-
semblance avec le père auguste de l'épopée :
elle était bien propre à te consoler de ce
sarcasme du plus mordant des poëtes :

Colletet, dans Paris, crotté jusqu'à l'échine,
Va mendier son pain de cuisine en cuisine.

En songeant qu'Homère avait jadis men-
dié son pain, tu devais voir dans cette san-
glante apostrophe la prédiction d'une célébrité future, et appeler sans cesse aux
siècles à venir, de l'aveuglement du tien.

Depuis l'académie française jusqu'à celle

de Falaise en Normandie, il n'est pas aujourd'hui de société savante en Europe, qui ne prononce qu'avec respect le nom d'Homère ; il n'y a pas de récipiendaire qui ne le divinise longuement à sa réception. On ne sait cependant quel village l'a vu naître ; on goûta si peu ses chefs-d'œuvres, qu'il passa, dit l'histoire, sa vie à mendier sur les grands chemins ; et les savans en sont encore à se disputer aujourd'hui sur le lieu où repose sa cendre.

Pour moi, si l'analogie était suffisante pour suppléer, au besoin, à l'obscurité de l'histoire, je mettrais volontiers tous ces messieurs d'accord, en concluant de son genre de vie, qu'il dût mourir à l'hôpital. Gueux toute sa vie, telle fut en deux mots la brillante carrière du père de la poésie.

Le Tasse à qui nous devons de si belles descriptions fut long-tems enfermé parmi les fous. Milton dont on admire aujourd'hui les gigantesques conceptions ne fut-il pas long-

tems traité comme tel ? L'auteur de Dom-
Quichotte fut sur le point de mourir de faim
à côté du manuscrit qui fit depuis les délices
de l'Europe, et l'auteur du fameux voyage
de Paris à St.-Cloud, l'infortuné Malfilatre,
ne mourut-il pas victime de son amour pour
la poésie ?

Ces considérations philosophiques, et
cette espèce de fatalité attachée à toute tête
épique, étaient certainement plus que suffi-
santes pour maintenir ma devise, qui fut
long-tems,

> Compose, compose qui voudra ;
> Non, jamais cette rage,
> Jamais ne me prendra.
>
> Compose, etc.

Après m'être aussi fortement prononcé
contre tous travaux épiques, je dois, pour
être conséquent, expliquer au lecteur l'origine de la guerre de parti dans laquelle je
me trouve engagé, et les motifs qui m'ont

fait emboucher la trompette épique. Mes pénates étaient vigoureusement attaqués par un écrit sanglant (la petite Ville.) J'entendais de tous côtés des cris d'alarme et d'indignation dans mes montagnes, et l'on sait que dans des cas aussi critiques, tout bon citoyen doit être soldat. Je courus donc aux armes, et s'il n'est pas donné à tout le monde de paraître en héros, tout citoyen véritablement attaché à sa patrie doit au moins lui donner une preuve de son dévouement.

J'avais dix-huit ans quand je sortis pour la première fois de ma chère province et fus tout-à-coup jeté au milieu du tourbillon de Paris, où je tombai, presque subitement, non des nues, mais du coche; non pas, comme Télémaque, toujours accompagné par un céleste guide, mais accompagné de mon père, qui, à la divinité près, en valait certainement bien un autre sur le pavé de Paris.

Sans doute, je fus, comme on le dit,

un peu ébahi, en me trouvant tout-à-coup au milieu de la capitale du monde, moi qui sortais d'une petite ville où j'avais été depuis ma naissance constamment sous la prudente égide de quatre tantes octogénaires, à-peu-près comme le chaste Vert-vert avant qu'il se fût échappé des guimpes des nonnes de Nevers.

Je n'étais cependant plus tout-à-fait neuf sur le chapitre des voyages. J'avais préludé à cette grande traversée par de petites courses dans ma province, qui n'avaient pas peu contribué à agrandir mes idées sur l'étendue des terres habitables du globe. Je dirai même plus, j'avais vu des campagnes, la mer, des flottes, des tempêtes, des naufrages, des forêts, des précipices, des incendies, des combats; que sais-je enfin! des phénomènes, tels que des éclipses, le lever du soleil, et mille et une autres choses qu'une infinité de parisiens très - respectables, des membres d'académie, peut-étre, n'ont jamais observé que dans les lanternes magiques du Pont-Neuf.

J'avais beaucoup entendu parler des spectacles de Paris : aussi, à peine fus-je échappé des mains de messieurs les artistes réunis du Palais-Royal, je courrus à Louvois. J'eus la douleur amère d'y voir mistifier mes pénates, ma patrie, la petite ville enfin ! Je fus piqué au vif et très-indisposé contre une capitale qui passe pour le centre de l'urbanité française, et où l'on berne si cruellement les étrangers à leur arrivée, non-seulement dans leur personne, mais encore dans tout ce qu'ils ont de plus cher.

Je dois cependant ici rendre à la vérité un hommage qui prouvera que je ne mets pas plus d'esprit de parti qu'il n'en faut dans ma querelle avec la capitale : c'est qu'à travers les charges et les lazzis des acteurs, quelques scènes me parurent frappées d'après nature : à celle surtout qui se passe à la sortie d'une assemblée, je fus presque tenté de m'écrier : ô patrie ! comme ce bon habitant d'Otaïty, qui revoyait avec enthousiasme à deux mille lieues de ses forêts une plante qui croissait sur le rivage de son île.

J'avoue cependant que je souffris horriblement à cette éternelle représentation. Dans mon cruel embarras, je croyais voir dans tout ce qui m'entourait des groupes de rieurs qui se faisaient un barbare plaisir d'insulter aux douleurs dont mon cœur était déchiré. La pièce finit enfin, et je sortis en jurant de venger mes concitoyens si impitoyablement travestis.

Le pavé brûle à Paris pour des étrangers ; il fallut penser au départ. Je parcourais la ville depuis deux grands jours pour faire de tendres adieux à tous mes amis, lorsque je me trouvai arrêté sur le Pont-Neuf par une multitude toujours croissante. Artistes, savans, goujats, financiers, tous pêle-mêle, se pressaient sans pitié, et semblaient, bouche béante, soupirer après le moment fortuné qui les approchait lentement des tréteaux d'un oiseleur. Jamais je ne vis de queue semblable au théâtre français, lorsqu'on y donnait les chefs-d'œuvres de notre littérature. Je demande long-tems le sujet de cet attroupement : enfin un homme âgé qui portait sous son énorme perruque toute la gravité magistrale, voulut bien dissiper ma coupable ignorance. « D'où « venez-vous donc, monsieur ? me dit-il, « pour ne pas savoir qu'il y a chez cet oise- « leur deux dindons qui attirent tout Paris « depuis huit jours par leur rareté, et qui, « au lieu d'être noirs, comme le sont ordi- « nairement ceux de leur espèce, sont d'un « blanc admirable ! » Il n'en fallut pas davantage pour me déterminer à céder bien vîte ma place à la foule toujours croissante.

Le soir, dans toutes les maisons où je me présentai, pour premier bonjour, on se demandait avec enthousiasme : *Monsieur*,

2

a-t-il vu les dindons blancs ? Dire non , eut été afficher l'indifférence la plus condamnable , et partout on parlait avec la même admiration de cet étrange phénomène : il n'y avait pas , je crois , dans Paris de petite maîtresse qui n'oubliât alors , un moment , sa carline ou son angola , pour s'occuper des dindons blancs : il suffit cependant d'avoir un peu observé ces animaux dans la campagne , pour savoir que rien n'est plus commun que la variété de leur plumage. Et , certes ! il n'y avait pas là de quoi électriser les plus belles têtes de la capitale.

Je quittai Paris en m'écriant : ô ma patrie ! mes pénates ! n'aurez-vous donc jamais un vengeur de la petite ville !

Combien alors je trouvai de sel dans les ingénieuses plaisanteries du Voyage de Paris à St.-Cloud ! Non , m'écriai-je, Buffon n'a jamais mieux peint la nature ! il devint mon livre par excellence , et le palladium derrière lequel je me retranchais toutes les fois qu'on menaçait d'attaquer les provinciaux.

L'idée de la plaisanterie que je publie aujourd'hui se présenta alors à mon esprit. J'en ébauchai même quelques vers avant de quitter Paris, et je la terminai ensuite dans les loisirs que me laissaient des occupations plus sérieuses. Le peu d'importance que je mettais à cette pasquinade en retardèrent la publication.

Je le présente enfin au public : je dois m'attendre que les parisiens voudront bien en parler avec la même franchise que j'ai parlé de la petite ville, et qu'ils ne mettront pas plus d'esprit de parti que moi dans ce badinage. Sans quoi, je répondrai à ceux qui auront le mauvais esprit de s'en fâcher, par ce vieux adage de ma grand'mère : *qui se sent morveux se mouche.*

Tandis que de graves auteurs ne se font pas de scrupule de ressuciter et d'incruster, chaque jour, dans leurs compositions, des

distiques entiers appartenans à défunts leurs
confrères, j'ai cru que dans une plaisanterie
éphémère comme celle-ci, on pouvait, avec
moins de scrupule encore, parodier des
tirades et des scènes des plus illustres maîtres
en poésie. On s'en appercevra dès le début,
qui n'est qu'une parodie de celui de l'Homme
des Champs, poëme dont je sens tout le
mérite, aussi bien que qui ce soit, et que
je suis bien loin de vouloir ridiculiser.
L'idée d'un naufrage contre un bateau de
blanchisseuses, est visiblement imitée de
celle de l'île de Calipso : le récit que fait
Fanfan à la maîtresse blanchisseuse sera
reconnu de tout le monde. Mille et un autres passages le seront également ; ensorte
que cette plaisanterie de carnaval est une
vraie arlequinade, car il y a des morceaux
de toutes espèces.

J'ai à cet égard pour exemple les parodies
que Boileau a faites de quelques scènes du
Cid, et de plusieurs autres très-beaux mor-

ceaux dont la majesté fait, avec ses burles-
ques sujets, les contrastes les plus comiques.
Ce que Boileau crut pouvoir se permettre,
pour des ouvrages destinés à servir de modèle à sa nation, peut être fait avec bien
moins de conséquence encore, dans une
plaisanterie d'un moment ; car, je le répète,
personne n'eut jamais moins que moi la
sublime pensée de viser à la célébrité, et
le plaisir de m'égayer avec quelques amis,
est pour moi préférable à tous les lauriers
du Parnasse.

J'ai bâti mon ouvrage avec toutes les
grandes machines qui servent ordinairement
à la construction de tout édifice épique. Il
y a du merveilleux, du pathétique, un
songe, des amours, une tempête, un naufrage et un récit. Je conviens cependant
qu'il y manque encore, au moins, une des-
cente aux enfers, et quelques batailles,
toutes choses absolument de rigueur, comme
le dit fort bien l'aimable auteur qui vient

2.

d'enrichir les lettres d'un très-joli poëme intitulé les Dieux de l'Opéra. Mais ce n'est pas ma faute à moi si mon héros n'est pas d'humeur guerrière , et je n'ai pas dû m'écarter de son caractère.

CHANT PREMIER.

ARGUMENT.

Tableau de la paisible jeunesse du héros, et du bonheur dont il jouissait sous le toît paternel.

Écoutez ; profitez, vous jeunes téméraires,
» Qui, lassés, tout-à-coup, du manoir de vos pères,
» De l'ardeur de courir, fatalement épris,
» Vous exposez, sans crainte, au milieu de Paris :
» Et si vous n'aimez pas mon héros, en vrais sages ;
» La vérité du moins chérira ses ouvrages.
    » Boileau jadis a pu, d'une imposante voix,
» Dicter de l'art des vers les rigoureuses lois ;

» L'Homme des Champs à table, (*) en des leçons utiles,

» A pu charmer l'ennui de ses lecteurs dociles :

» Mais, quoi ! ce tendre enfant, chéri de son quartier,

» Sera-t-il ignoré de l'univers entier ?

» Des austères leçons fuyant le ton sauvage,

» Je viens de sa candeur offrir la douce image ;

» Inviter les mortels à s'en laisser charmer :

» Connaître mon héros, c'est apprendre à l'aimer.

» Beaucoup furent témoins des exploits que je chante ;

» Peu savent admirer leur hardiesse touchante :

» Pour les apprécier, c'est trop peu que des sens,

» Il faut une ame pure et des goûts innocens.

» Inspirez donc mes vers, lieux charmans, doux aziles,

» Où la vie est plus pure, où les cœurs plus tranquilles

» Ne se reprochent point les plaisirs qu'ils ont eu :

» Qui sait aimer Fanfan sait aimer la vertu !

_____

(*) L'auteur de la Gastronomie.

» Jeunes parisiens, ah ! pour qu'on vous estime,

» Imitez mon héros : votre rôle est sublime.

Je chante dans mes vers ce jeune andacieux,

Qui, sans s'épouvanter d'un trajet périlleux,

Et bravant les dangers d'une course lointaine,

Sut étonner Paris en traversant la Seine.

Par ce trajet hardi, s'en fut, Colomb nouveau,

Chercher un nouveau monde au quartier froid-manteau,

Et sur les pas des Cooks éternisant sa gloire,

Des badauds de Paris captiver la mémoire.

Muse, pour célébrer ces étonnans exploits,

D'Homère ou de Milton cours emprunter la voix.

Apollon, d'un regard viens soutenir ma lyre,

Viens ranimer l'ardeur du beau feu qui m'inspire ;

Et dans le grand projet qui m'occupe aujourd'hui,

Daigne, pour un moment, me prêter ton appui.

Que ne puis-je, ô Fanfan ! argonaute intrépide,

Éterniser ta gloire en une autre Énéide,

Et d'une voix superbe , à nos derniers neveux ,

Faire un pompeux récit de ton trajet fameux !

Non loin de ce palais , où Thémis en colère

Vendait à nos ayeux la justice à l'enchère ,

Où cent clercs et huissiers , griffonnant le papier ,

Du plus riche Crésus faisaient un bésacier :

Près de ce sanctuaire où ronflait plus d'un juge ,

Mais où tout aujourd'hui se discute et se juge ,

Le paisible Robin , modèle des maris ,

Vit , le front à l'abri des hazards de Paris ,

Auprès de sa Lucrèce... Oh ! la chose est trop forte ,

Dira-t-on : il n'est plus de femmes de la sorte.

Mais la dame Robin que je cite en ces vers ,

Est connue en Paris , et par-tout l'univers :

Là , ce couple fameux par sa rare constance ,

Servit long-tems d'exemple aux époux de la France.

Ces tendres tourtereaux , qui s'aimaient dès long-tems ,

Par les nœuds de l'hymen unis depuis vingt ans ,

Voyaient , non sans plaisir , à l'ombre de leurs ailes ,

Croître un fils, le seul fruit de tant de douces veilles.

Cet enfant si chéri, ce tendre et jeune enfant,

Par eux, dès son berceau, fut appelé FANFAN.

Fanfan, ce tendre fils, l'espoir de sa famille,

Nourri par sa maman, de manthe et de pastille,

Jeune et tendre phénix des enfans de ce tems,

Fanfan touchait à peine au quinzième printems :

Et plus savant déjà qu'un docteur de Sorbonne,

Il savait tout *Peau-d'Ane*, aussi bien que sa bonne :

Fameux dans son école, il savait, nous dit-on,

Écrire gros et fin, bien mieux que Cicéron ;

Fanfan, de plus encore, en sa docte mémoire

De mille revenans avait classé l'histoire :

Justement admiré des docteurs du quartier,

Débitait, sans manquer, *Chaperon* (*) tout entier.

De mémoire et d'esprit prodige inconcevable,

_____

(*) Conte de vieille avec lequel on endormait les enfans le siècle passé.

Il savait , sans broncher , réciter une fable ;

De plus , déjà , tout seul, et comme un grand garçon ,

Même à livre fermé , répéter sa leçon.

Fanfan savait aussi , par un prodige extrême ,

Compter , chiffrer , tout seul, aussi bien que Barême ,

Et réciter , par cœur , tous les doctes bibus

Du grand Mathieu Laensberg et de Nostradamus.

Bien plus sûr que Lalande , et sans craindre méprise ,

Il annonçait à tous et le vent et la bise ;

Avait lu Rabibi, (*) connaissait l'Almanach ,

Et les plus grands docteurs du pays d'Armagnac.

Fanfan ne fut jamais de ces esprits vulgaires ,

De ces gens ignorans , de ces sots débonnaires ,

Qui ne connaissent rien et sur tout étrangers ,

Vont croire sottement que chez les boulangers

Leur argent , chaque jour , fait croître la farine.

Lui, du froment qu'il mange il connaît l'origine ,

(*) Docteur juif.

Il rit de leur sottise, et, cent fois plus malin,

Il sait bien que le blé pousse dans un moulin.

Instruit par son papa sur plus d'une matière,

La Seine, il en est sûr, prend source à la barrière,

Roule son onde pure autour de son quartier,

Arrose tout Paris et l'univers entier,

Puis, va porter après sa course vagabonde

Aux filets de Chaillot, extrémité du monde :

Là, les flots mugissans du fleuve impétueux

Plongent en bouillonnant dans ces gouffres affreux.

Ergo, son précepteur, qu'aucun recteur n'égale,

Dans ses graves leçons, d'une voix doctorale,

Cent fois lui répéta : Mon fils, *extrà muros*,

Il n'est qu'un vide immense et qu'un affreux cahos.

Il sait fort bien aussi, digne fils de son père,

Qu'aux deux bouts de Paris sont les bouts de la terre ;

Reconnaît les faubourgs pour l'affreux *Saara*, (*)

_____

(*) Désert d'Afrique.

3

Pour les confins du monde , et le *nec plus ultrà.*

Cet enfant si chéri , prudent plus que personne ,
Le soir , ne sort jamais sans maman ou sans bonne ,
Attendu qu'à cette heure il erre dans les cieux ,
De dangereux follets , esprits malicieux ,
Gens qui , d'un coup de dent , sans nulle différence ,
Dévorent sans pitié la vieillesse et l'enfance.

Fanfan , quoique prudent , fut toujours courageux ;
Vous en futes témoins , compagnons de ses jeux ,
Vous , célèbres badeaux , de comique mémoire ,
Dont quelques jours peut-être on écrira l'histoire :
Vous , aimables enfans , de vos mères chéris ,
Coco , Fifi , Chouchou , la gloire de Paris.
Cent fois vous l'avez vu , par son rare courage ,
Au milieu de vingt bœufs , seul se faire passage ;
Vous le vîtes un jour , incapable d'effroi ,
Des manans de Bondi monter le Palefroi ; (*)

(*) Un âne.

Et sourd à tous les cris d'une mère éperdue,

Oser courir tout seul jusqu'au bout de la rue,

Perdre de vue alors, pour la première fois,

Et le toît paternel, et le coin de Dauchois. (*)

   Mais, brisons là, ma muse, et sans plus d'étalage,

Dis en un mot qu'il eut la sagesse en partage,

Et qu'hormis son papa, le ministre de Dieu,

Et son régent, il fut le plus docte du lieu :

Dis, que déjà par-tout, quoiqu'au printems de l'âge,

Il passait dans Paris pour un huitième sage.

   Avec autant d'esprit et d'érudition,

L'heureux Fanfan pouvait, exempt d'ambition,

Couler tranquillement une paisible vie

Sous les yeux prévenans d'une bonne chérie.

Un avenir heureux et rempli de douceur

Semblait ouvrir pour lui les portes du bonheur...

(*) Marchand près du Palais.

Ah ! trop funeste amour d'une gloire stérile,

Jamais , sans toi , Fanfan n'eût quitté sa famille ;

Et ce fils si chéri , cet enfant vertueux ,

N'eût point au sein des mers , en jeune audacieux ,

A travers les dangers , les vents et les naufrages.,

Lutté contre les flots et bravé les orages ;

Il n'eût point abordé sur ces climats lointains ,

Inconnus de son père et de tous les humains.

Sans toi , dans l'heureux sein d'une douce indolence ,

Il eût coulé des jours filés par l'ignorance ;

Philosophe profond , et sur-tout grand parleur ,

Il eût un jour été , conduit par son recteur ,

Sur les pas glorieux de ses dignes ancêtres ,

Mériter à bon droit une place à Bicètres.

Hélas ! qui l'eût pu croire , en ces jours de douleur ,

Où par de tendres soins on cultivait son cœur ,

Qu'il viendrait un moment , ô moment de tristesse ,

Où ce fils étouffant la voix de la tendresse ,

Eût été !.... Mais , hélas ! à ces tristes tableaux,

Je sens tomber des mains mes lugubres pinceaux.

Ma lyre , suspendez les larmes trop amères

Qu'arrache ce récit aux plus tendres des mères :

Suspendez vos accens , et les justes douleurs

D'une bonne éplorée et des sensibles cœurs.

CHANT DEUXIEME.

ARGUMENT.

L'ambition apparaît en songe à Fanfan, et lui montre la partie de Paris qui est au-delà de la Seine, et dont il n'avait jamais soupçonné l'existence. Épris d'un beau zèle, il court aussitôt éveiller son papa, qui, comme lui, ignorait qu'il fût un pays habité au-delà de la rivière : il lui raconte ce qu'il a vu. Joie du vieillard qui admire la profondeur du génie de son fils, et approuve son départ.

L'ASTRE brillant des cieux terminant sa carrière,
Avait de l'occident parcouru la barrière,

Et l'univers entier , dans le sein du repos ,

D'un paisible sommeil savourait les pavots ,

Quand un monstre hideux , une horrible mégère ,

L'ambition enfin , ce fléau de la terre ,

Répandant ses poisons sur tout le genre humain ,

Voltigea sur Paris une torche à la main.

   A cet aspect si cher , l'ambition s'admire ;

Dans ce bruyant tableau reconnaît son empire ,

Et jette sur ces murs un sourire inhumain.

Mais parmi ses sujets elle apperçoit soudain

Le paisible Fanfan qui , non loin de sa mère ,

Dormait enveloppé d'une ouate légère.

Mollement étendu sur le plus doux duvet ,

Les songes enchanteurs , autour de son chevet ,

Semaient leurs doux pavots. La flatteuse espérance ,

Le bonheur et la paix , enfans de l'innocence ,

Reposaient avec lui. La déesse aux cent yeux

Frémit à cet aspect , et , d'un bras furieux

Agitant ses serpens et distillant sa rage ,

Dieu ! que vois-je ! dit-elle , et quel indigne outrage !

Hé ! quoi ? jusqu'en ce jour , reine de l'univers ,

J'aurai mis vainement cent peuples dans mes fers ;

Vainement , j'aurai mis Rome et Carthage en cendre ,

J'aurai soumis le Gange , et rougi le Scamandre ;

Au sein de mes états , je verrais des mortels,

Au milieu de Paris , mépriser mes autels !

Non , je saurai venger une pareille injure.

A ces mots , d'un vieillard elle prend la figure ,

S'approche doucement du prodige naissant ;

Dans le prisme enchanteur d'un songe séduisant ,

Lui fait voir au milieu d'une fertile pleine ,

Une ville superbe au-delà de la Seine.

Le paisible Fanfan se trouble à cet aspect.

A l'instant il regarde , et saisi de respect

Il contemple du coin de sa tendre prunelle ,

Le spectacle étonnant d'une ville nouvelle ,

Et promène partout ses regards curieux.

Ciel ! que vois-je !... dit-il , en croirai-je mes yeux ?

Dieu ! que le monde est grand ! quelle immense étendue !

Quel prodige étonnant vient s'offrir à ma vue !

Chouchou , *ma bonne* , et toi , tendre et chère maman ,

Venez tous contempler ce nouvel élément !

Venez tous admirer l'étonnante merveille !....

Venez , ô mes amis !.... A ces mots il s'éveille ,

Et l'esprit tout rempli de ce songe flatteur ,

Il cherche envain , au loin , cet aspect enchanteur.

   Alors , saisi d'effroi , rempli d'inquiétude ,

Il ne voit plus par-tout qu'affreuse solitude :

Il se trouble , il pâlit , et dans l'obscurité ,

D'épouvante et d'effroi son cœur est agité.

Où suis-je , se dit-il , et quelle nuit profonde

Tout-à-coup à mes yeux voile ce nouveau monde.

Où suis-je ? ô ciel ! où suis-je ? un songe séducteur

Aurait-il enfanté cette brillante erreur ?

Non , certes ! ce n'est point une vaine chimère ;

Je l'ai vu , je l'ai vu , ce nouvel hémisphère :

Qu'il est grand , qu'il est beau , qu'il est majestueux !

Ciel ! que de monumens, de palais somptueux !

Oui, dussai-je braver les vents et la tempête,

Dût la foudre, cent fois, éclater sur ma tête,

Demain, avant l'aurore, au sein des vastes mers

Je vogue, sans retard, vers cet autre univers.

Les habitans surpris borderont les rivages,

Et puis, à mon retour, d'écueils et de naufrages,

A loisir, je pourrai crayonner les horreurs,

Et par mon récit seul déchirer tous les cœurs :

Mes parens étonnés auront peine à me croire,

Et mon audace enfin me comblera de gloire.

Dès demain, tout Paris, muet détonnement,

Me verra triomphan d'un nouvel élément,

Lui tracer sur les flots, par mon rare courage,

Une route nouvelle à ce nouveau rivage.

O jour trois fois heureux ! ô moment glorieux,

Je serai donc enfin digne de mes ayeux.

Pour mon siècle aujourd'hui quelle époque sublime !

Il dit, et tout rempli du beau feu qui l'anime,

Il se lève à la hâte. A son papa soudain

Il veut, au même instant, confier son dessein.

Envain, depuis long-tems, les courtauds de boutique

Avaient pour le duvet déserté leur portique ;

Envain tous les héros du temple de Thémis,

A l'ombre du Palais reposaient endormis ;

Envain, par-tout encor la nuit aux voiles sombres

Enveloppait Paris de ses épaisses ombres ;

L'impatient Fanfan, plein d'une noble ardeur,

Voudrait au même instant signaler sa valeur.

Tel un jeune coursier, des champs de l'Hibérie,

Folâtrant sur l'émail d'une plaine fleurie,

S'il entend, tout-à-coup, pour la première fois,

Une chasse bruyante accourir dans les bois,

S'impatiente, hennit, du pied frappant la terre,

S'élance aux sons perçans de la trompe guerrière.

Tel paraissait alors le valeureux Fanfan :

Ce n'est plus ce craintif et famélique enfant ;

Ce n'est plus cet enfant incertain et timide :

C'est un nouveau Colomb , un héros intrépide

Qui brûle d'affronter les dangers et la mort.

Suivant , au même instant , son généreux transport ,

Il perce de la nuit les voiles ténébreuses ,

Et marche en conquérant sous leurs voûtes affreuses ,

Bravant mille follets : sa lumière à la main ,

Il s'avance , plus fier qu'un empereur romain ,

Vers le sombre réduit où son paisible père ,

Reposait dans les bras de sa sensible mère.

    Tous deux , goûtant en paix les douceurs du sommeil ,

Attendaient dans ses bras le retour du soleil.

Le calme du bonheur brillait sur leur visage.

Époux toujours amans , vingt ans de mariage

N'avaient point encor pu relâcher leurs doux nœuds.

A leur automne encor ils s'adoraient tous deux ;

Tous deux , en ce moment , par un tendre sourire ,

Semblaient , dans leur sommeil , à l'envi se le dire.

    Fanfan s'approche d'eux : soudain à leur aspect

Il s'arrête un moment , saisi d'un saint respect ,

4

Muet d'étonnement , sa langue embarrassée

Ne peut articuler les sons de sa pensée.

Tantôt il veut troubler à l'instant leur sommeil ,

Tantôt il veut près d'eux attendre leur réveil.

Trois fois du lit paisible il approche la tête ,

Trois fois un saint respect l'intimide et l'arrête :

Entre deux sentimens il demeure incertain :

Enfin le preux Fanfan se décide soudain ;

Il éveille à l'instant son respectable père ,

Il l'appelle à voix basse , et d'une main légère

Il tire doucement sa paternelle main.

Son père alors s'écrie , et serre sur son sein

Ce fils , ce tendre fils , seul espoir de sa race.

Rempli d'inquiétude , il le presse , il l'embrasse :

Qu'avez-vous , ô mon fils ! dit le vieillard surpris.

De grâce , ô mon cher fils ! remettez vos esprits ;

Tout le quartier , Paris , et toute la nature ,

Tout est encor plongé dans une nuit obscure :

Tout dort dans l'univers ! et vous que je chéris ,

Vous seul veillez encore au milieu de Paris.

Ouvrez , ô mon cher fils , votre ame toute entière !

Pardonnez , dit Fanfan d'une voix douce et fière ,

Pardonnez , si je viens , par mon zèle conduit ,

Troubler votre repos au milieu de la nuit.

Apprenez..... Mais de grâce , ah ! levez-vous , mon père ,

Respectons le sommeil d'une mère aussi chère ;

Éloignons-nous d'ici. Saisi d'étonnement ,

Son père tout ému se lève doucement :

Il revêt à la hâte un frac à grand ramage ,

Des Robin jusqu'alors respectable héritage ,

Qui d'ayeul en ayeul arrivant jusqu'à lui ,

D'un lustre tout nouveau brille encore aujourd'hui.

Robin couvre son front d'une perruque blonde ,

Monument éternel du grand âge du monde ,

Dont le large contour et les énormes flancs ,

Inspirant le respect , forment jusqu'à trois bancs.

Pressant les pas tardifs de sa lente vieillesse ,

Il précède son fils à la prochaine pièce :

Là , d'un ton paternel et rempli de douceur,

Parlez , dit-il, mon fils , ouvrez-moi votre cœur :

Au sein compâtissant d'un père qui vous aime

Venez , ô mon cher fils ! confier votre peine.

Parlez , enfant chéri : quelque chat en courroux

Aurait-il en grondant passé trop près de vous ?

Ou bien quelque follet , quelque hideux fantôme

A-t-il paru chez vous , et troublé votre somme ?

Mon esprit incertain , prompt à s'inquiéter ,

A ces pressentimens ne saurait s'arrêter.

Je frissonne , frémis , et sens couler mes larmes :

Suspendez , ô mon fils , ces mortelles alarmes !

Des soupçons si cruels me déchirent le cœur.

Mon père , calmez-vous , reprit avec douceur

L'intrépide Fanfan. Tous ces cris de tristesse

Se changeront bientôt en des cris d'allégresse.

Bannissez vos soupçons , rendez grâces aux cieux ;

Fanfan sera bientôt digne de ses ayeux.

Oui, bientôt , me couvrant d'une gloire immortelle ,

Je découvre au vulgaire une ville nouvelle.

Par la tradition trop long-tems égaré,

Mon papa, jusqu'alors, mon esprit resserré

Croyait que le néant étendait son domaine

Par-tout dans l'univers, au-delà de la Seine :

Que par-tout il n'était que d'arides déserts,

Et qu'elle était enfin le bout de l'univers.

Cette nuit, grâce au ciel, ce n'est point un mensonge,

Cette nuit, mon papa, dans les douceurs d'un songe,

Le ciel, le juste ciel, terrible en ses décrets,

A mes yeux étonnés dévoila ses secrets.

Une divinité tout-à-coup descendue

Appurut à ton fils au milieu d'une nue,

S'approche de mon lit, et me parle en ces mots :

Tu dors, Fanfan, tu dors ; un coupable repos

Trop long-tems. ô mon fils, enchaîne ton courage !

Quitte, quitte un repos qui fait honte à ton âge ;

Viens, quitte le sommeil qui te tient énervé :

A de plus hauts destins le ciel t'a réservé.

4.

Jette, jette les yeux sur cette immense pleine,

Vois ces palais pompeux au-delà de la Seine.

Vois ce cirque superbe où dix mille guerriers

Consacrent à la paix des moissons de lauriers. (*)

   Jusqu'alors du destin l'arrêt irrévocable

Couvrait cet univers d'un voile impénétrable.

Il est temps de montrer à ton siècle surpris

Que le néant n'est point aux faubourgs de Paris.

Pars, va, mon cher Fanfan, illustrer ta mémoire :

C'est à toi que le ciel réservait cette gloire.

La déesse, à ces mots, se cachant à mes yeux,

S'élève dans les airs, et vole vers les cieux.

Frappé d'étonnement, aussitôt je m'éveille,

Et l'esprit tout rempli d'une telle merveille,

Je viens au même instant préparer mon départ,

Et jurer devant vous de partir sans retard.

_____

(*) La parade du Carousel.

Au nom de mon pays , permettez ce voyage :

Mon papa , consentez sans tarder davantage ;

Ne vous opposez point aux volontés des cieux.

   Le vieillard , à ces mots , le front tout radieux ,

Sourit , s'étonne , admire , et dans sa douce ivresse

Oublie en ce moment le poids de sa vieillesse.

Le généreux projet d'un enfant qu'il chérit ,

Tout seul , en cet instant , occupe son esprit.

Pars , dit-il , va , mon fils , vole où l'honneur t'appelle ,

Vole au loin te couvrir d'une gloire immortelle ,

Va sur le sein des mers signaler ton grand cœur ;

Je reconnais mon sang à cette noble ardeur.

Viens dans les bras d'un père , ô mon fils ! ô ma gloire !

Pars , et va sur les mers illustrer ta mémoire.

Pars ! mais pour éviter de trop tendres adieux ,

Cachons à tes parens ce projet périlleux :

Ta mère en gémirait ; sa tendresse alarmée

N'y pourrait consentir , et de crainte pâmée ,

Tu la verrais bientôt , les yeux noyés de pleurs ,

Fatiguer les échos de ses justes douleurs :

J'aurai le triste soin de calmer ses alarmes,

D'adoucir ses chagrins et d'essuyer ses larmes.

CHANT TROISIEME.

ARGUMENT.

La Renommée va trouver la mère de Fanfan pendant son sommeil, et la prévenir du départ de son tendre fils. Désespoir de cette mère sensible. Les parens, les voisins, la bonne, le précepteur accourent à ses cris. Sémonce inutile de ce dernier ; dévouement héroïque qui lui fait partager les périls de son élève. Départ des deux argonautes, et désespoir de toute la famille.

La Renommée alors, trop perfide déesse,
Entendit ce discours, tressaillit d'allégresse ;

Et voulant propager de tragiques douleurs ,

Elle souffle par-tout la crainte dans les cœurs ,

Et vole au même instant , par des cris de tristesse ,

D'une sensible mère alarmer la tendresse.

Pleurez , pleurez , dit-elle , ah : couple malheureux !

Que de tourmens le ciel vous réserve à tous deux !...

Pleurez , mère sensible , et répandez des larmes :

Hélas ! qu'un fils ingrat vous prépare d'alarmes !

Pleurez ; ce fils chéri n'est plus digne de vous !...

Il ose , en ce moment , auprès de votre époux ,

Proposer sur les mers un périlleux voyage ;

Déjà ce faible époux le conduit au rivage.

Ah ! volez sur leurs pas , arrêtez leurs complots :

Arrachez votre fils à la fureur des flots.

Partez , courez , volez ; il en est tems encore.

Votre fils vous chérit , votre époux vous adore :

Courez , frappez les airs de vos tristes douleurs ;

Peut-être ils ne pourront résister à vos pleurs.

La maman éperdue , à ce triste message,

S'éveille tout-à-coup. Quel sinistre présage !

Dieu ! quel affreux réveil, et quel coup pour son cœur !

Envain elle voudrait douter de son malheur :

Robin, ce tendre époux, cet époux si fidèle,

Pour la première fois ne paraît point près d'elle !.....

En son inquiétude elle l'appelle envain ;

Et ne pouvant douter d'un malheur trop certain,

Au milieu de la nuit, tremblante, demi-nue,

Sur les pas de son fils elle court éperdue ;

Et déjà le croyant à la merci des flots,

Elle frappe les airs de ses tristes sanglots.

Arrête, criait-elle, en sa douleur amère,

Arrête, enfant cruel, viens voir mourir ta mère.

Enfant dénaturé ! fruit d'un si tendre amour,

Ingrat, perce le sein qui te donna le jour :

Dans mon flanc malheureux, viens, enfant trop perfide,

Viens, cruel, viens plonger un poignard parricide !...

    Toi qui depuis vingt ans, des liens les plus doux,

Avais toujours chéri le nom de mon époux,

Cher Robin, si la foi que je t'avais donnée,

Si le plus tendre amour, si vingt ans d'himénée,

En ces tristes momens peuvent toucher ton cœur,

Cher époux, prends pitié de ma juste douleur.

Je tombe à tes genoux, viens, vois couler mes larmes,

Ah ! laisse-toi toucher par mes justes alarmes !

Laisse attendrir ton cœur par mes tristes sanglots,

N'expose point ton fils à la fureur des flots;

Laisse, laisse émouvoir tes entrailles de père,

Ma vie est en tes mains; et si je te fus chère,

Si toi seul en mon lit, enfin, eus toujours part,

Diffère d'un moment ce funeste départ.

A ce bruit, cependant, qui s'épand dans la ville,

Bonne, parens, amis, arrivent à la file :

Tout le quartier bientôt instruit de ce malheur,

S'empresse en gémissant d'exhaler sa douleur.

Le cousin en frémit, l'oncle se désespère ;

Bientôt à pas tardifs arrive la grand'-mère,

Fiamète, Cocote, et dame Gonichon,

Le voisin Moutonet , la tante Babichon.

Ergo , lui-même , Ergo , ce précepteur fidèle

Apprend en frémissant cette triste nouvelle :

Il soupire , il pâlit , et la mort dans les yeux ,

De cet affreux malheur il accuse les cieux :

Il se hâte , il arrive. En sa juste colère ,

(*) *Quos ego...* cria-t-il : disciple téméraire !

Disciple ingrat ! Où donc , fils obstiné ,

Où sont les sentimens que je t'avais donné ?

Veux-tu donc sur les mers , errant à l'aventure ,

Servir aux animaux d'une indigne pâture ?

Enfant dénaturé , disciple audacieux ,

Pars , va , nouveau Titan , escalader les cieux ;

Pénètre les secrets du monarque des mondes ,

(*) Imitation des anciens. Neptune gourmandant les flots déchaînés sans sa participation , s'écria dans son indignation : *quos ego* !

Ton juste châtiment t'attendra sur les ondes.

Tout le quartier gémit ; vois ta famille en pleurs ,

Vois leurs tristes chagrins , leurs mortelles douleurs :

Vois ta mère au tombeau , ta bonne inconsolable ;

Tu vas causer leur mort !... fils ingrat et coupable !...

As-tu donc oublié qu'autrefois Robinson ,

Pour n'avoir pas d'un père écouté la leçon ,

Fut conduit par le ciel en des îles sauvages ,

En des pays affreux , peuplés d'antropophages.

Tel est le châtiment qu'en son juste courroux

Le ciel sait réserver à des fils tels que vous !

A cet affreux tableau , redoublant ses alarmes ,

La maman l'interrompt par un torrent de larmes :

Songe , Fanfan , dit-elle , à travers ses sanglots ,

Songe , songe , mon fils , à la fureur des flots ;

Songe à tous les dangers d'une course lointaine :

Du moins si , pour aider ta jeunesse incertaine ,

Et guider sur les mers ton indomptable ardeur ,

Quelque sage vieillard , quelque navigateur ,

Quelque nouveau Mentor voulait être ton guide,

Et pour ce grand trajet te prêter son égide,

Avec moins de douleur je te verrais partir.

Mais tout seul ! ah ! grand Dieu ! je n'y puis consentir !....

Je ne puis consentir à ce triste voyage !

Je me meurs, ô mon fils !... A ce touchant langage,

Le recteur attendri partageant sa douleur,

Sent renaître aussitôt son antique valeur :

Calmez-vous, lui dit-il, mère sensible et tendre,

De moi pour votre fils vous devez tout attendre :

Vous me verrez le suivre au milieu des déserts,

Dans le fond des forêts, sur les plus vastes mers :

J'irai, j'irai par-tout sur ce lointain rivage,

Comme un autre Mentor, modérer son courage ;

Ferme dans les dangers, lui prêter mon appui,

Et le sauver enfin, ou périr avec lui.

A ces mots consolans, cette mère attendrie,

Calme un peu ses douleurs, et revient à la vie ;

Mais le recteur qui tient les momens précieux,

Prend la main de Fanfan , et d'un pas radieux ,

Lui-même tout surpris de son nouveau courage ,

Admire son grand cœur , et s'avance au rivage.

Tout le quartier les suit , non sans verser des pleurs ,

Et jetant dans les airs mille cris de douleurs.

   L'instant de se quitter , l'instant fatal arrive.

Déjà , déjà l'on voit sur la fatale rive ,

On fixe avec effroi , dans le lointain des flots ,

Le rivage incertain où vogue le héros.

On voit en frémissant la nacelle fragile

Qui doit porter au loin l'espoir de la famille ,

Et cet aspect soudain redouble les douleurs :

De nouveau l'on gémit , on redouble les pleurs.

Robin , le seul Robin , seul exempt de faiblesse ,

Sait maîtriser sa peine et vaincre sa tristesse.

Partez , dit-il , mon fils , les larmes dans les yeux ,

Partez , ne perdez pas des momens précieux.

   L'argonaute nouveau , bravant sa destinée ,

S'arrache enfin des bras d'une bonne obstinée ,

Et sourd à tous les cris d'un oncle furieux,

Il part ; il faut enfin se résoudre aux adieux.

Trois fois sa mère en pleurs, sur le triste rivage,

Pâle, et désespérant d'amoll'r son courage,

Soupire des adieux bien plus tendres encor

Que les tendres adieux d'Andromaque et d'Hector.

Mais hélas ! c'en est fait : il part, il fuit, il vole,

Et le vaisseau poussé par les enfans d'Éole,

Paraissant sur les mers un autre Gallion,

Trace au loin sur les flots un humide sillon.

Cependant, ô grand Dieu ! sur la fatale rive

On voit par-tout gémir la famille plaintive.

Tout le quartier saisi d'une soudaine horreur,

N'entend de tous côtés que des cris de douleur.

Non, sur vos tristes bords, ô nymphes de la Seine,

Vous ne vîtes jamais de plus touchante scène.

L'un pâle, tout transi, l'œil fixé sur les flots,

Suit d'un œil éploré les traces du héros.

La bonne de ses pleurs inondant son visage,

Succombe aux yeux de tous sur le triste rivage.

Moutonet, Fiamète, et la tante Suzon,

Tous les trois à la fois tombent en pamoison.

Doudou, le grand-papa, cédant à la tristesse,

Sur un rocher voisin succombe à sa foiblesse.

Robin, Robin lui-même, à ce touchant tableau,

Ne peut tarir ses pleurs, et se fond tout en eau.

Pour un instant la Seine en son cours arrêtée,

A ce spectacle affreux recule épouvantée;

Et par-tout dans Paris les fidèles échos

Ne portaient que des pleurs et de tristes sanglots.

CHANT QUATRIÈME.

ARGUMENT.

Trajet sur mer. Naufrage. Le recteur et son disciple abordent à la nage un bateau de blanchisseuses : ils le prennent pour une autre île Calipso. Leur réception ; soins dont ils sont comblés. Discours de Fanfan à la maîtresse blanchisseuse.

CEPENDANT le vaisseau dans sa marche rapide
Trace un large sillon sur la pleine liquide.
Il fuit au gré des vents , et l'œil des matelots
Cherche envain sa patrie , et se perd dans les flots.

Cependant l'horison , souriant à l'aurore ,

Semblait se décorer des richesses de Flore ;

Poussant le voyageur vers des pays nouveaux ,

Le zéphir effleurait la surface des eaux.

Autour de leur vaisseau , d'aimables néréides ,

Balançaient mollement sur les vagues limpides.

Déjà sur l'Océan l'astre brillant des cieux

S'élevant lentement sur son char orgueilleux ,

Semblait braver Neptune et défier l'orage ,

Et du jour le plus pur offrait l'heureux présage.

   Ergo qui contemplait la surface des eaux ,

Admirait la nature et ses riches tableaux.

Dans le sein de Fanfan , épenchant sa grande ame ,

Il voit passer bientôt la valeur qui l'enflamme.

Rendant grâces au ciel , tous deux en ce moment ,

Tous deux sont agités d'un même sentiment :

L'espoir de découvrir une terre lointaine

Leur cache les périls d'une route incertaine.

La gloire du retour fixant leurs seuls pensers ,

Écarte de leurs cœurs la crainte des dangers.

Tous deux voguant en paix sur ces mers fortunées ,

Admiraient à l'envi leurs grandes destinées ;

Quand Fanfan , dont le cœur fut toujours vertueux ,

Porte vers sa patrie un regard généreux.

La valeur aux vertus n'est point inaccessible :

Fanfan né courageux portait un cœur sensible.

Sa douce émotion , de tendres souvenirs ,

A son ame attendrie arrachent des soupirs.

Ses parens éperdus , sa bonne délaissée ,

Viennent s'offrir en foule à sa triste pensée.

Sous le toît paternel , il croit voir loin de lui

Les auteurs de ses jours qu'il laissa sans appui.

Il se rappelle aussi , non sans verser des larmes ,

Ce moment où , navré de cruelles alarmes ,

Ce moment où Doudou , l'œil fixé vers les cieux ,

S'arrachait de ses bras , et mourait à ses yeux.

Ses amis sont en pleurs ; Lolotte , sa cousine ,

Peut-être en ce moment gémit chez la voisine :

Peut-être en ce moment, ô malheur inoui !

Raton, son cher Raton vient de périr d'ennui.

Des soupçons si cruels alarment sa tendresse.

Son grand cœur cependant rougit de sa faiblesse :

Il fait de vains efforts pour cacher ses douleurs,

Il soupire, gémit, et sent couler ses pleurs.

Ergo s'en apperçoit : ame sensible et tendre,

D'un sentiment d'orgueil il ne peut se défendre ;

Et serrant dans ses bras son tendre nourrisson,

Il admire le fruit de sa sage leçon.

Va, dit-il, va, mon fils, dans le feu qui l'enflamme,

A ce doux sentiment abandonne ton ame.

Oui, je reconnais là le sang de tes ayeux,

Je reconnais mes soins, et j'en bénis les cieux.

Par le ciel, ô mon fils ! à des ames bien nées

Les vertus pour partage en tout tems sont données :

Un si beau sentiment est d'un augure heureux,

Et je l'attendais bien de ton cœur généreux.

Cependant le soleil, se couvrant d'un nuage,

Annonce aux matelots le plus terrible orage.

La foudre étincelante éclate dans les cieux :

Sortant du sein des mers , Éole furieux ,

« Troublant de l'Océan les ondes blanchissantes ,

» Élevait en grondant ses vagues mugissantes. »

Sur un nuage épais sillonnent mille éclairs ,

Les élémens troublés se heurtent dans les airs ,

Le navire entr'ouvert s'abîme sur les ondes ,

Le matelot tremblant craint la chûte des mondes ,

Et la nuit qui se joint aux vagues en fureur ,

De cette scène affreuse augmente encor l'horreur.

Ergo , sur le tillac , tournant sa longue-vue ,

De l'horison alors mesure l'étendue.

Plus ferme à son côté qu'un sénateur romain ,

L'intrépide Fanfan , la lorgnette à la main ,

Calme dans les dangers , et bravant la tourmente ,

Admirait avec lui cette scène imposante.

Mille abîmes profonds s'entr'ouvent sous ses pas ,

Il les voit en héros et ne s'alarme pas.

La mort est sur sa tête , il la voit sans horreur ,

Un sentiment plus noble agite son grand cœur.

Il craint peu pour ses jours , et tout pour sa patrie :

Il tend ses bras vers elle , et son ame attendrie ,

Dans ces pays lointains , présageant sa splendeur ,

Voit périr avec lui sa future grandeur.

  « Tel , et moins généreux , au rivage d'Épire ,

» Lorsque de l'univers il disputait l'empire ,

» Confiant sur les flots aux aquilons mutins ,

» Le destin de la terre et celui des Romains ,

» Défiant à la fois , et Pompée et Neptune ,

» César à la tempête opposait sa fortune. »

  Tel , animé jadis d'un courage héroïque ,

Le généreux Colomb , aux rives d'Amérique ,

D'un sinistre trépas n'accusait point les cieux ,

Et content de périr , ne demandait aux Dieux

Que de guider un jour à l'abri des orages

Les braves Castillans vers ces nouveaux rivages.

  Partout avec effroi les pâles matelots

Offrent de vains efforts à la fureur des flots ;

Tout cède , s'engloutit ; la vague blanchissante

Mugit , s'élève et tombe au gré de la tourmente.

Dans ses flancs entr'ouverts l'Océan courroucé

Vomit sur les rescifs le vaisseau fracassé.

Fanfan dont le grand cœur méconnaît la faiblesse ,

Du vaisseau qui s'abîme observe la détresse ,

Regarde d'un œil fier mille débris épars ,

A la merci des vents flotter de toutes parts.

Ergo , le grave Ergo , calme au sein de l'orage ,

Sur les flots en courroux fixe un lointain rivage (*)

Dont les bords escarpés , se perdant dans les cieux ,

Semblent un heureux port réservé par les Dieux.

Tel , et non moins joyeux , l'argonaute intrépide

Apperçut sur les flots les bords lointains d'Élide :

Tel , le pieux Troyen , en essuyant ses pleurs

Vit aux bords Laurentins un terme à ses malheurs ,

_____

(*) Un bateau de blanchisseuses.

Et poussant vers les cieux mille cris d'allégresse ,

Semblait pour un moment oublier sa détresse.

Le pâle matelot , par un dernier effort ,

Lutte et se flatte encor d'échapper à la mort.

Fatale destinée ! illusion trompeuse !

Tourmenté par les flots d'une mer orageuse ,

Le navire à travers des torrens dangereux ,

Cède enfin aux efforts des vents impétueux :

Il aborde , se brise , et le nouveau rivage

Frémit en ce moment du plus cruel naufrage :

Il retentit au loin d'affreux mugissemens ;

Tout se perd , s'engloutit sous les flots écumans.

« A ce tableau , des nuits l'inégale courrière

» Frémit d'horreur , et prête à regret sa lumière.

Sur un rescif caché le navire est jeté.

« Le flot qui l'y porta recule épouvanté. »

Ergo , d'un bras nerveux saisissant son pupile ,

S'élance au sein des eaux , lutte , et nage vers l'île.

Un invincible bras couronnant ses efforts ,

D'un empire nouveau lui fait toucher les bords.

Là, comme à Calypso, de féminins visages,

De ces lieux enchanteurs gardent seuls les rivages.

Un mouvement secret, dans le fond de leurs cœurs,

Parle pour les héros bien mieux que leurs malheurs.

Près des deux étrangers s'empressant de se rendre,

On les voit prodiguer l'intérêt le plus tendre.

Les soins les plus touchans qu'inspirent les amours,

Des larmes de Fanfan interrompent le cours.

Tandis qu'à le calmer plus d'une est occupée,

D'autres prennent d'Ergo « la redoutable épée,

» Et tremblent en tenant dans leurs débiles mains

» Ce glaive destructeur, la terreur des humains.

» Autour des voyageurs, les Grâces demi-nues

» Accordent à leurs voix leurs danses ingénues, »

Et charment les échos par des sons enchanteurs

Dont la molle harmonie attendrit tous les cœurs.

Vers la reine du lieu les deux héros s'avancent ;

» Ils trouvent sur ses pas les soins, la complaisance,

» Les plaisirs amoureux , et les tendres désirs ,

» Plus doux , plus séduisans encor que les plaisirs. x

Le grave Ergo surpris , en la voyant si belle ,

Éprouve pour Fanfan une crainte nouvelle.

« Telle ne brillait point , aux bords de l'Eurotas ,

» La coupable moitié qui trahit Ménélas. »

Fanfan avec respect présente son hommage ,

S'applaudit en secret et bénit son naufrage ,

Tandis que son recteur redoute tant d'appas ,

Accuse le destin , regrette le trépas.

Fanfan est inconnu. Sans secours , sans défense ,

« Il parle ; sa franchise est sa seule éloquence ;

Et le front couronné d'une tendre rougeur ,

» Dans sa sincérité découvre sa grandeur. »

Quoi ! sur ces bords lointains , dit la Reine surprise ,

Vous osez affronter et les vents et la bise.

Quoi ! vous bravez des flots l'affreux mugissement ,

Et vous n'avez pas craint qu'un perfide élément

Contre votre vaisseau , soulevant l'onde amère ,

Vous sépare à jamais de votre tendre mère,

Et vous creuse un tombeau dans ses flancs en courroux?

Je prends à vos revers un intérêt bien doux :

D'en ouïr le récit mon désir est extrême ;

« Vous seul pouvez parler dignement de vous-même:

Rassurez-vous , Fanfan , et dissipez vos pleurs ;

Je suis sensible , et sais compâtir aux malheurs.

« Hélas ! reprit Fanfan , faut-il que ma mémoire

» Rappelle de ces tems la déplorable histoire.

» Plût au ciel irrité , témoin de nos malheurs ,

» Qu'un éternel oubli nous cachât tant d'horreurs.

» Pourquoi demandez-vous que ma bouche retrace

» D'un trajet malheureux la fatale disgrace ?

» Mon cœur frémit encor à se seul souvenir ;

» Mais vous me l'ordonnez, et je vais obéir.

» Un autre , en vous parlant , pourrait avec adresse

» De ses tendres parens déguiser la faiblesse ;

» Mais ce vain artifice est peu fait pour mon cœur ,

» Et la vérité seule inspire ma candeur.

6.

» Si ma fatale histoire ici n'est point connue ,

» Vous l'apprendrez du moins d'une bouche ingénue. »

Lors, Fanfan, chapeau bas , les yeux noyés de pleurs ,

Déplorait en ces mots sa peine et ses malheurs :

Reine , JE SUIS FRANÇAIS. Ma célèbre famille

Dans Paris, en plaideurs de tous tems fut fertile.

Mon papa , ferme appui de l'antique barreau ,

Lui donne de nos jours un lustre tout nouveau.

« Le ciel qui de mes ans protégeait la faiblesse ,

» Toujours au sage Ergo confia ma jeunesse. »

En savoir , en prudence il égale Nestor.

Loin du toît paternel il est mon seul Mentor :

« Je lui dois tout , madame, il faut que je l'avoue ,

» Et d'un peu de vertu si le monde me loue ,

» Et si le palais même estime mes exploits ,

» C'est à cet homme illustre à qui seul je le dois. »

GODICHE était mon nom : dès ma tendre jeunesse ,

Ce beau nom fut , dit-on , changé par la tendresse

Sous celui de Fanfan, connu dans tout Paris ,

Au temple de Thémis je trouvai un abri.

De mes classes bientôt dédaignant l'indolence ,

« Un voyage devint les jeux de mon enfance.

Et voulant découvrir des empires nouveaux ,

Le premier dans Paris je voguai sur les eaux.

« Mes parens reposaient à l'abri des alarmes ,

» Leurs sens , d'un doux repos goûtaient encor les charmes :

» O nuit ! nuit de douleur ! ô funeste sommeil !

» L'apareil du départ éclaira leur réveil. »

Tout était prêt , déjà marchant vers le rivage,

Sur l'Océan surpris je m'ouvrais un passage ;

Mon père alors ému d'une juste douleur ,

» Regrettait des momens plus chers à son grand cœur. »

Arrosant de ses pleurs les bords de ce rivage ,

A quitter son cher fils il forçait son courage ,

Et du maître des cieux respectant les desseins ,

Déjà me remettait en de nouvelles mains ,

Quand tout-à-coup le bruit de ce départ funeste

Aux deux bouts de Paris partout se manifeste.

Bonne, tout le quartier, amis les plus chéris,

A travers de la nuit accourent tout surpris.

On vit de tous côtés, mes parens en alarmes

Gémir sur le rivage et l'inonder de larmes.

« Je ne vous peindrai point le tumulte, les cris,

» Les pleurs de tous côtés ruisselant dans Paris. »

Près de là, mon papa terminant sa carrière,

Ni ma bonne invoquant la Parque meurtrière,

Ma tante en pamoison, mes amis éperdus,

« Sur des rochers voisins, l'un sur l'autre étendus.

» De ces scènes d'horreur c'est-ce qu'on doit attendre,

» Mais ce que l'avenir aura peine à comprendre,

» Ce que vous-même encor à peine vous croirez,

C'est que nous, de savoir et de gloire altérés,

Avons pu nous résoudre à braver tant d'alarmes.

Ni les tendres soupirs, ni les torrens de larmes,

Ni les cris déchirans poussés de toute part;

Ne purent d'un moment retarder le départ.

Déjà portés au loin par l'onde fugitive,

Nous entendions encor leur tendresse plaintive

Un invincible bras nous guidant sur les mers ,

Reculait devant nous les bouts de l'univers ,

Et semblant applaudir à nos jeunes courages ,

Devant nos pas dabord écartait les orages.

Comme un léger zéphir , se jouant sur les eaux ,

Le vaisseau parcourait mille climats nouveaux ,

Quand changeant tout-à-coup , la fortune inconstante

Appela sur les mers l'orage et la tourmente.

Excitées par les vents , les vagues en courroux ,

Au milieu des éclairs s'élèvent contre nous.

Le navire entr'ouvert s'abîme sur la plage.

« Je ne vous peindrai point les horreurs du naufrage ,

» Vos yeux l'ont vu , madame , à ce péril affreux , »

A la mort échappés par vos soins généreux ,

Croyez que notre sort est trop digne d'envie :

Il est doux pour nos cœurs de vous devoir la vie :

Reine , c'est aujourd'hui le plus beau de mes jours ,

Heureux qui peut ainsi naufrager tous les jours.

CHANT CINQUIÈME.

ARGUMENT.

Fanfan devient amoureux d'une jeune blanchisseuse nommée Poupette. Son recteur le surprend dans ses bras, l'entraîne au rivage, et le précipitant avec lui dans les flots, il gagne à la nage un navire étranger. Ils débarquent au jardin des Thuileries, et parcourent ces climats nouveaux. Déplorable aventure de Fanfan, qui est berné par les naturels du pays. Il continue ses réflexions philosophiques.

PAR le récit touchant de ses nombreux malheurs,
Le vertueux Fanfan déchirait tous les cœurs.

La Reine qui déjà pour son sort s'intéresse ,

Avec bonté sourit à sa tendre jeunesse.

Du fond de son palais , avec moins de transports ,

Didon a vu l'amour s'approcher de ses bords ,

Quand pour mieux enchaîner ses superbes attraits ,

Du jeune et tendre Ascagne il emprunta les traits.

Elle admire en secret cette ame douce et fière ,

Qui dans l'adversité se montrait toute entière.

Plus elle écoute , moins elle peut concevoir ,

Que dans un cerveau seul loge tant de savoir :

Et déjà méditant de futures conquêtes ,

Elle ordonne partout de préparer des fêtes ,

Et que ne formant point d'inutiles désirs ,

Fanfan compte ses jours par de nouveaux plaisirs.

Son imposante cour , par son ordre assemblée ,

Semble aux yeux de Fanfan celle où Panthésilée , (*)

Par sa rare beauté subjuguait les mortels ,

***

(*) Reine des Amazones.

Et du monde étonné recevait les autels.

« Là, dans l'art dangereux de plaire et de séduire,

» Des nymphes à l'envi s'empressent de s'instruire : »

Leurs groupes, vrais filets à prendre tous les cœurs,

Font entendre partout des concerts enchanteurs.

Du sensible Fanfan la jeunesse abusée

Les écoute et se croit aux bords de l'Élisée.

» Elevé sous les lois d'un moderne Zénon,

» Fanfan ne connaissait de l'amour que le nom : «

Son cœur, tout-à-la-fois, fier, généreux et tendre,

Jusqu'alors à ce dieu refusa de se rendre.

Cependant, sur ces bords, l'amour toujours vainqueur,

Pour une aimable nymphe avait ravi son cœur.

» POUPETTE était son nom : la main de la nature

» De ses aimables dons la combla sans mesure ;

» L'amour, qui prit le soin d'embellir ses appas,

» Au-devant de Fanfan semblait guider ses pas.

» Moins touchante et moins belle à Tharse on vit paraître,

» Celle qui des Romains avait dompté le maître,

7

» Lorsque les habitans des rives du Cidnus,

» L'encensoir à la main, la prirent pour Vénus.

» Elle entrait dans cet âge, hélas ! trop redoutable,

» Qui rend des passions le joug inévitable :

» Son cœur né pour aimer, sensible et généreux,

» D'aucun amant encor n'avait reçu les vœux.

» Son teint est animé d'une grâce nouvelle,

» L'amour s'applaudissait en la voyant si belle !

» Ce dieu n'aiguisa point ses inutiles traits :

» Que n'espérait-il point, aidé de tant d'attraits ?

» L'art simple dont lui-même a formé sa parure,

» Paraît aux yeux surpris l'effet de la nature.

» L'or de ses blonds cheveux, flottans au gré des vents

» Tantôt couvre sa gorge et ses trésors naissans,

» Tantôt expose aux yeux leur charme inexprimable,

» Sa modestie encor la rendait plus aimable.

» Non pas cette farouche et triste austérité,

» Qui fait fuir les amours, et même la beauté ;

» Mais cette pudeur douce, innocente, enfantine,

» Qui colore le front d'une rougeur divine,

» Inspire le respect, enflamme les désirs,

» Et de qui la peut vaincre augmente les plaisirs.

» L'amour, car à l'amour tout miracle est possible,

» Enchante ces beaux lieux par un charme invincible.

» Par des liens secrets on se sent arrêter,

» On s'y trouble, on s'y plaît, on ne peut les quitter.

» Contre un pouvoir si grand qu'eût pu faire Poupette ?

» La voix de sa vertu reste un instant muette ;

» Elle avait à combattre, en ce funeste jour,

» Sa jeunesse, son cœur, et Fanfan, et l'amour.

   » Quelque tems de Fanfan la sagesse immortelle

» Vers son recteur sévère en secret le rappelle ;

» Un invisible bras le retient malgré lui,

» Dans sa vertu première il cherche un vain appui :

» Sa vertu l'abandonne, et son âme inquiette

» N'aime, ne voit, n'entend, ne connaît que Poupette.

» Il renonce à la gloire, à la vaine grandeur,

» Dans l'amour de Poupette il met tout son bonheur.

» Sur cet heureux rivage, au bord d'une onde claire,

» Sous un myrthe amoureux, azyle du mystère,

» Poupette à son amant prodiguoit ses appas;

» Il languissait près d'elle, il brûlait dans ses bras.

» De leurs doux entretiens rien n'altérait les charmes,

» Leurs yeux étaient remplis de ces heureuses larmes,

» De ces larmes qui font le plaisir des amans.

» Ils sentaient cette ivresse, et ces saisissemens,

» Ces transports, ces fureurs, qu'un tendre amour inspire,

» Que lui seul fait goûter, que lui seul sait décrire.

» Les folâtres plaisirs, dans le sein du repos,

» Les amours enfantins désarmaient le héros. «

Il faut aimer un jour, la nature l'ordonne!

A ce penchant nouveau l'étranger s'abandonne:

Qu'un si deux tête-à-tête à de charme à ses yeux!.....

Fanfan sait profiter d'un moment précieux,

Et pour charmer Poupette, au fond de sa mémoire

De Marie à la Coque il va chercher l'histoire,

Et dit comme à Passy..... sa maman un beau jour

Fut le prendre en un choux pour lui donner le jour.

A ces tendres discours , la sensible Poupette

Soupire , et veut en vain retarder sa défaite ;

D'un amant si pressant comment se dégager ?...

Déjà, l'heureux Fanfan voit l'heure du berger !

Encor quelques instans , et la vertu d'un sage

Succombe à sa faiblesse et va faire naufrage.

C'en est fait , à l'instant , dans les bras de l'amour ,

Quinze ans de tendres soins sont perdus sans retour.

» Fanfan sentait passer dans son ame charmée

» Les amoureux transports d'une amante enflammée.

» Tout-à-coup , sur ces bords où sa vertu languit ,

» Il voit Ergo paraître , il le voit , et rougit.

» Le recteur n'usa point de sa mâle éloquence :

» Il garde en l'abordant un farouche silence ;

» Mais ce silence même , et ces regards baissés

» Se font fort bien entendre , et s'expliquent assez.

» Sur ce visage austère où régnait la tristesse ,

» Fanfan lut aisément sa honte et sa faiblesse.

» Rarement de sa faute on aime les témoins.

» A sauver son élève Ergo met tout ses soins.

» Ta vertu, lui dit-il, ces lieux te l'ont ravie !

» De ces honteux plaisirs, viens, fuis l'ignominie ;

» Fuis ce lieu trop funeste, où ton cœur mutiné

» Aime encore le lien dont il est enchaîné.

» Te vaincre est désormais ta plus belle victoire : «

Partons, brave Amour dans les bras de la gloire.

D'un funeste plaisir fuis le poison trompeur,

Viens, et sois, comme moi, le maître de ton cœur.

L'amour, à ton histoire ajoute un nouveau lustre,

» Qui l'ignore est heureux, qui le dompte est illustre. «

Il dit : et sur ses pas l'entraîne de ces lieux.

» Que la douleur, ô ciel, attendrit ces adieux !

» Plein de l'aimable objet qu'il fuit et qu'il adore,

» En condamnant ses pleurs Fanfan en verse encore.

» Entraîné par Ergo, par l'amour attiré,

» Il s'éloigne, il revient, il part désespéré.

» Il part !... En ce moment, Poupette évanouie,

» Reste sans mouvement , sans couleur et sans vie.

» D'une soudaine nuit ses beaux yeux sont couverts ;

» L'amour qui l'apperçut jette un cri dans les airs.

» Il s'épouvante , il craint qu'une nuit éternelle

» N'enlève à son empire une nymphe si belle,

» Et n'efface à jamais le charme de ces yeux

» Qui devaient dans Paris allumer tant de feux.

» Il la prend dans ses bras, et bientôt cette amante

» R'ouvre à sa douce voix sa paupière mourante ,

» Nomme son cher Fanfan , le redemande en vain ,

» Le cherche encor des yeux , et les ferme soudain.

» L'amour, baigné des pleurs qu'il répand auprès d'elle ,

» Au jour qu'elle fuyait tendrement la rappelle.

» D'un espoir séduisant il lui rend la douceur,

» Et soulage les maux dont lui-même est l'auteur. «

Ergo , toujours sévère , et toujours inflexible ,

Entraîne cependant le disciple sensible ,

Et s'éloigne avec lui de ces lieux enchantés,

Que d'amoureux plaisirs ont par-tout infectés ,

Et craignant que l'amour sur ces bords le confonde ,

Il saisit son élève et s'élance dans l'onde.

   Telle , à des bords lointains , mais non moins dangereux,

Minerve sut ravir Télémaque amoureux.

De tout tems la vertu fut la force du sage ;

Sur l'Océan soumis , Ergo s'ouvre un passage :

Un invisible bras semblait du haut des cieux ,

Soutenir sur les eaux son fardeau précieux.

Envoyé par Dieu même , un vaisseau tutélaire

Offre au nouveau Mentor un secours salutaire :

Après de longs combats , de pénibles efforts ,

En bénissant le ciel il en touche les bords ,

Et s'éloigne avec lui sur une onde inconnue.

Déjà , l'île funeste échappe de sa vue :

Déjà , dans le lointain , cent prodiges nouveaux

Paraissent à ses yeux sortir du sein des eaux.

Son élève étouffant les transports de sa flamme ,

Déjà redevenait le maître de son ame ;

Et fier d'avoir vaincu son transport amoureux ,

Il retrouve le calme en son cœur généreux.

Sortant du sein des mers, et menaçant la nue,

Un colosse effrayant vient s'offrir à sa vue. (*)

L'Océan écrasé sous ce pesant fardeau

Le supporte en tremblant, et fait mugir son eau

Avec un bruit semblable à celui du tonnerre,

Mille pieds enlacés au centre de la terre

Enchaînent le courroux de ses flots impuissans,

Et semblent insulter aux ravages des tems.

Éclipsant le soleil, cette masse imposante

Repousse loin des eaux sa lumière éclatante :

La main de l'éternel à la voûte des cieux

Semble avoir attaché son front audacieux,

Et les marins tremblans, sous ces parages sombres,

Le cœur saisi d'effroi, voguent parmi les ombres.

Non sans inquiétude, au milieu de leurs cris,

_____

(*) La Samaritaine.

Fanfan sur son recteur jette un regard surpris,

Et cherche dans ses yeux ou sa vie ou sa perte.

Le recteur éclairé, que rien ne déconcerte,

Reconnaît ce colosse : il tient d'un grand auteur

Qu'un monarque de Rhode (*) en était l'inventeur;

Qu'un peuple ami des arts, aux tems de Rosemonde,

Le plaça dans le rang des merveilles du monde.

  De ces débris fameux les restes imposans,

Ont, dit-il, échappé aux ravages des tems;

Mais le ciel, pour laisser un grand exemple aux princes,

Eût dû le transporter plus près de nos provinces.

Fanfan s'étonne, admire, il demeure interdit.

A ce sage discours le pilote applaudit.

Il s'abandonne aux vents, et d'une main savante,

Il hâte du vaisseau la carrière trop lente.

Déjà les matelots, redoublant leurs efforts,

De la terre promise ont reconnu les bords.

(*) Le fameux colosse de Rhodes.

Au comble de ses vœux, sous un ciel sans nuage,

Fanfan touche déjà le fortuné rivage.

» Ses antiques ayeux, du sein des immortels,

» Fixaient sur ses destins leurs regards paternels,

» Et présageant en lui la grandeur de sa race,

» Ils plaignaient ses malheurs, ils aimaient son audace.

» De leur valeur, un jour, ils voulaient l'honorer,

» Ils voulaient plus encore, ils voulaient l'éclairer.

» Mais Fanfan s'avançait vers sa grandeur suprême,

» Par des chemins secrets inconnus à lui-même.

» Du côté du couchant, près de ces bords fleuris

» Où la Seine serpente en fuyant de Paris :

» Lieux aujourd'hui charmans, retraite aimable et pure,

» Où triomphent les arts, où se plaît la nature,

» Où Paris semble aux yeux sortir du sein des flots,

» Là, conduit par le ciel, aborda le héros ;

» Et dès ce moment même, il entrevit l'aurore,

» De ces jours qui pour lui ne brillaient pas encore. «

A nos deux voyageurs que cet instant fut doux !

Là , tous deux attendris , et tous deux à genoux ,

Ils embrassent la terre et l'arrosent de larmes.

Des plaisirs d'un cœur pur ils savourent les charmes.

Après qu'ils ont ainsi rendu grâces aux cieux ,

Ils s'avancent tous deux d'un pas religieux ,

Vers ces jardins pompeux , où l'art de la sculpture ,

Par un sublime effort égale la nature.

Du palais d'un Héros l'aspect majestueux ,

Vient frapper tout-à-coup son œil respectueux.

Partout nos Magellans déployant leur génie ,

De ce monde nouveau contemplent l'harmonie.

Mais Dieu pour éprouver ces sages voyageurs ,

Les réservait encore à de nouveaux malheurs.

Douce hospitalité , jadis si révérée ,

Tu n'es plus qu'un vain mot , tu restes ignorée !...

Insultant à tes lois , de fâcheux goguenards

Lachent aux voyageurs d'injurieux brocards.

Pour punir à l'instant cet excès d'insolence ,

En brave chevalier , Fanfan va rompre lance :

» Il menace, et le sang de ces cœurs inhumains,

» Bientôt à gros bouillons va couler sous ses mains. »

Mais le prudent Ergo, qui vit cette équipée,

S'écrie, ô mon cher fils, remettez votre épée :

» Celui qui met un frein à la fureur des flots

» Saura de ces méchans arrêter les complots.

Reposez-vous sur lui du soin de la vengeance,

Et goûtez les avis que dicte ma prudence.

On n'a point, ô mon fils, sans de très-grands dangers,

Des affaires d'honneur en pays étrangers.

Etouffe dans ton cœur.... Fanfan toujours docile

Rengaine son épée et suit d'un pas tranquille.

Ah ! que le cœur humain se forme avec lenteur !

Fanfan s'en apperçut en sage observateur,

Et rêvant, en lui-même, à sa triste aventure;

Quoi, dit-il, sur ces bords chéris de la nature,

L'asyle du génie, et le centre des arts,

L'indigène envers nous méconnaît les égards.

Sa race à peine encor demi civilisée,

8

Sur l'honnête étranger fait pleuvoir la risée !

Mon fils, reprit Ergo, pourquoi vous affliger ?

Ces peuples, quelque jour, pourront se corriger.

L'urbanité française, au monde si vantée,

Avant nous sur ces bords n'a point été portée.

Tous deux continuant de si sages discours,

Reviennent vers la seine et remontent son cours.

Stupéfaits, étonnés, ils fixent à la ronde,

Les monumens fameux dont ce rivage abonde.

De tous côtés, près d'eux, cent prodiges nouveaux

De la Seine surprise embellissent les eaux.

Là, par-tout, des beaux arts la magique harmonie

Vient offrir à leurs yeux l'empreinte du génie.

Là, comme Jupiter assis parmi les dieux,

Le front du Louvre auguste attirant tous les yeux,

Semble braver les tems et défier la nue.

Sur le vaste horison Fanfan fixe la vue,

Et bientôt par de-là ces chefs-d'œuvres divers,

Il apperçoit au loin dans le vague des airs,

Une superbe tour, vaste et majestueuse, (*)

Qui menace les cieux de sa cîme orgueilleuse.

Fanfan admire encor, mais il n'est point surpris.

Il a lu dans la bible, et dans d'autres écrits,

Que les enfans pervers d'une race rebelle

Elevèrent ces murs d'une main criminelle

Pour braver le courroux de la divinité;

Mais qu'aussitôt le ciel justement irrité,

Punissant les auteurs de ce coupable ouvrage,

Avait en un moment confondu leur langage.

Tressaillant à l'aspect de cette antique tour,

Fanfan, du monde entier, croit avoir fait le tour.

Ah ! que d'hommes, dit-il, restent dans l'ignorance.

Le climat de l'Asie est le même qu'en France.

Tous ces rayons brûlans dont nos savans auteurs

Ne citent qu'en tremblant les effets destructeurs:

Ces monstres dangereux, ces tigres, ces panthères,

(*) La Tour du Panthéon, que Fanfan prend pour la
tour de Babel.

Ne sont, je le vois bien, que de pures chimères.

Ce n'est qu'en visitant ces continens lointains

Que nous pouvons former des systêmes certains.

Oui, si je te revois, ô ma ville chérie,

Je veux sur ce grand point éclairer ma patrie.

O mes concitoyens! oui, j'aurai le bonheur

De pouvoir quelque jour dissiper votre erreur !

Et pour détruire alors vos systêmes godiches,

Je fais mettre un article aux petites affiches !

CHANT SIXIEME
ET DERNIER.

ARGUMENT.

*Tandis que Fanfan s'occupe des moyens de
réformer les erreurs de ses contemporains,
il perd son recteur dans la foule, et essuie
pendant leur séparation plusieurs malen-
contres désastreuses. Le recteur, de son
côté, éprouve parmi ces étrangers des malheurs non moins inouis : enfin, par la grâce
du ciel, ils se retrouvent sur un quai, et
las d'éprouver les viscissitudes de la fortune, ils se r'embarquent pour leur patrie.
Leur arrivée : joie de toute la famille qui
n'osait plus espérer leur retour.*

LORSQUE pour réformer notre géographie,
Se livrant à l'élan de sa philosophie,

8.

Le héros méditait sur ces bords étrangers ,

Le ciel le réservait à de nouveaux dangers.

Pour le combler des dons de sa faveur suprême ,

Il l'éloigne d'Ergo , l'abandonne à lui-même.

Il veut que désormais , sans guide et sans appui ,

Il n'ait dans ses malheurs d'autre soutien que lui.

C'est dans l'adversité , sure école du sage ,

Qu'il veut former son cœur et son jeune courage.

Fanfan tremble , pâlit , et répandant des pleurs ,

Il frappe les échos du cri de ses douleurs.

Il cherche , appelle , court jusqu'au bout de la rue ,

Sans que jamais Ergo pût s'offrir à sa vue ;

Il le demande en vain aux hôtes de ces lieux ,

Il appelle la mort ; il accuse les cieux.

Moins touchante , jadis , Hécube désolée

Adressait à l'Olympe une plainte ampoulée ,

Quand au sein d'Ilion , des vainqueurs inhumains

Du sang du vieux Priam eurent rougi leurs mains.

Aux atbhinas surpris exposant ses disgraces ,

Par-tout de son recteur il demande les traces.

Frémissant à l'aspect de ces nouveaux dangers

Il aborde en pleurant les groupes d'étrangers.

A travers ses sanglots, le front pâle et timide,

Il s'informe du sort de son malheureux guide.

Mais hélas! juste ciel! ô comble de malheurs!

Ces cœurs plus qu'inhumains se ferment à ses pleurs,

Par un rire moqueur insultent à ses larmes,

Ou par un faux indice augmentent ses alarmes.

Le soupçon n'entre point dans un si tendre cœur.

Fanfan à leurs conseils se livre avec candeur,

Et long-tems le jouet de leur lâche imposture,

Sur ces bords inconnus il erre à l'aventure.

Mais le maître des cieux témoin de ses douleurs,

Eut pitié de ses maux, fut sensible à ses pleurs :

Il ranime son cœur, affermit son courage,

Et dirige ses pas vers un lointain rivage,

D'où l'avide habitant de cent climats divers

Transportait ses trésors aux bouts de l'Univers.

Après de grands efforts, en pleurant sa détresse,

Fanfan que le ciel guide arrive et fend la presse.

Tout-à-coup, ô bonheur! ce recteur précieux,

Parmi les étrangers, se présente à ses yeux.

Il redouble d'efforts, se démène, s'agite,

Et dans ses bras chéris bientôt se précipite.

Dans son cœur paternel déposant ses douleurs,

Fanfan trouve à la fin un terme à ses malheurs.

Combien aux deux héros ce moment eut de charmes!

Là, le cœur palpitant, les yeux noyés de larmes,

Ils se font le récit des terribles dangers

Qu'ils viennent d'éprouver sur ces bords étrangers.

Le vertueux recteur, dans ce séjour du crime,

Des voleurs plusieurs fois avait été victime.

Sa canne à grand corbin, montre, bourse, bijoux,

Hélas! tout a passé dans les mains des filoux.

Pour comble de malheurs, une traîtresse roue

Brisa son parapluie et le couvrit de boue.

Un barbare cocher, ou plutôt assassin,

Digne cocher enfin d'un fameux médecin,

Harcelant en jurant six coursiers hors d'haleine,

Ecrasa, sans pitié pour la nature humaine,

Les huit grands cors-aux-pieds, qu'en sa minorité,

Ergo de ses ayeux a jadis hérité.

Fanfan qui du recteur apperçoit la détresse,

Donne en fils vertueux, l'essor à sa tendresse,

Et dit en le voyant triste, pâle, abattu,

Va, c'est trop éprouver le sort de la vertu.

Pour nos concitoyens nos ames généreuses

N'ont que trop éprouvé d'aventures affreuses.

Traversant les premiers l'immensité des mers,

Nous avons découvert ce nouvel univers.

Nos malheurs rempliront les fastes de l'histoire :

Par-tout on chérira notre heureuse mémoire.

Nos destins sont remplis !.... de nos travaux nombreux

Portons en nos climats les résultats heureux.

C'est dans les bras chéris d'une bonne, ou d'un père,

Que la gloire aux grands cœurs doit paraître bien chère.

Hâtons, mon cher recteur, un moment aussi doux.

Ergo, qui pour raison, de messieurs les filoux

Conservait dans son cœur une terreur mortelle,

Redoutant pour ses cors une atteinte nouvelle,

Des larmes de plaisir ne peut tarir le cours,

En écoutant Fanfan prononcer ce discours.

Pour fréter un navire, au plus prochain rivage

Tous deux au même instant marchent avec courage,

Et se donnant la main, pour ne plus se quitter,

Sur le plus grand vaisseau s'empressent de monter.

Aussi-tôt qu'à leurs yeux, se perdant dans la nue,

Cette terre fatale échappe de leur vue,

Leurs cœurs d'un lourd fardeau semblent débarrassés,

Sous des climats plus doux ils sont déjà passés;

Les vents, pour les servir redoublant leurs efforts,

Avec rapidité les portent vers leurs bords.

Tout est calme autour d'eux : plus d'écueils, de naufrages,

Le dieu qui les protège enchaîne les orages.

Déjà, du haut des mers, les joyeux matelots

Ont vu le continent dans le lointain des flots.

La lunette à la main, l'ame toute attendrie,

Fanfan, avec transport, reconnaît sa patrie.

Sur la Seine bientôt, suivant mille détours,

De l'antique palais il apperçoit les tours.

Déjà le commandant ordonnait l'abordage,

Et Fanfan apperçoit sur le bord du rivage

Ses parens, qui long-tems inquiets sur son sort,

Le demandaient aux cieux, et déploraient sa mort.

    Laissant à son recteur une froide prudence,

L'impétueux Fanfan au rivage s'élance.

Ses parens à l'envi le couvrent de baisers.

On l'entraîne, on l'arrache à de nouveaux dangers,

Pour voir ce rejetton si cher à la famille,

Ses parens sur ses pas arrivent à la file.

    Généreux fils d'Ulisse, avec moins de transports,

Ton Itaque jadis te revit sur ses bords.

Fanfan est le seul cri qui frappe le rivage :

Bientôt tout retentit du bruit de son voyage.

On le trouve changé, formé, fortifié,

Il est instruit, dit-on, et grandi de moitié.

On se presse chez lui, la foule l'environne,

On le voit, on l'écoute, on l'admire, on s'étonne.

Ce n'est plus cet enfant plein de timidité,

C'est un audacieux, dont la témérité,

Les exploits, la valeur, le courage et l'audace,

Feront un jour l'espoir et l'honneur de sa race.

Cependant, pour répondre à cet empressement,

Le sensible Fanfan se recueille un moment,

Et fixant d'un œil fier son timide auditoire,

De ses nombreux revers il entame l'histoire.

Au récit déchirant de tant d'affreux malheurs

Un seul cri dans l'instant échappe à tous les cœurs :

　　» Voyage, voyage, voyage qui voudra,

　　» Non jamais cette rage, jamais ne me prendra.

　　» Voyage, etc.

F I N.

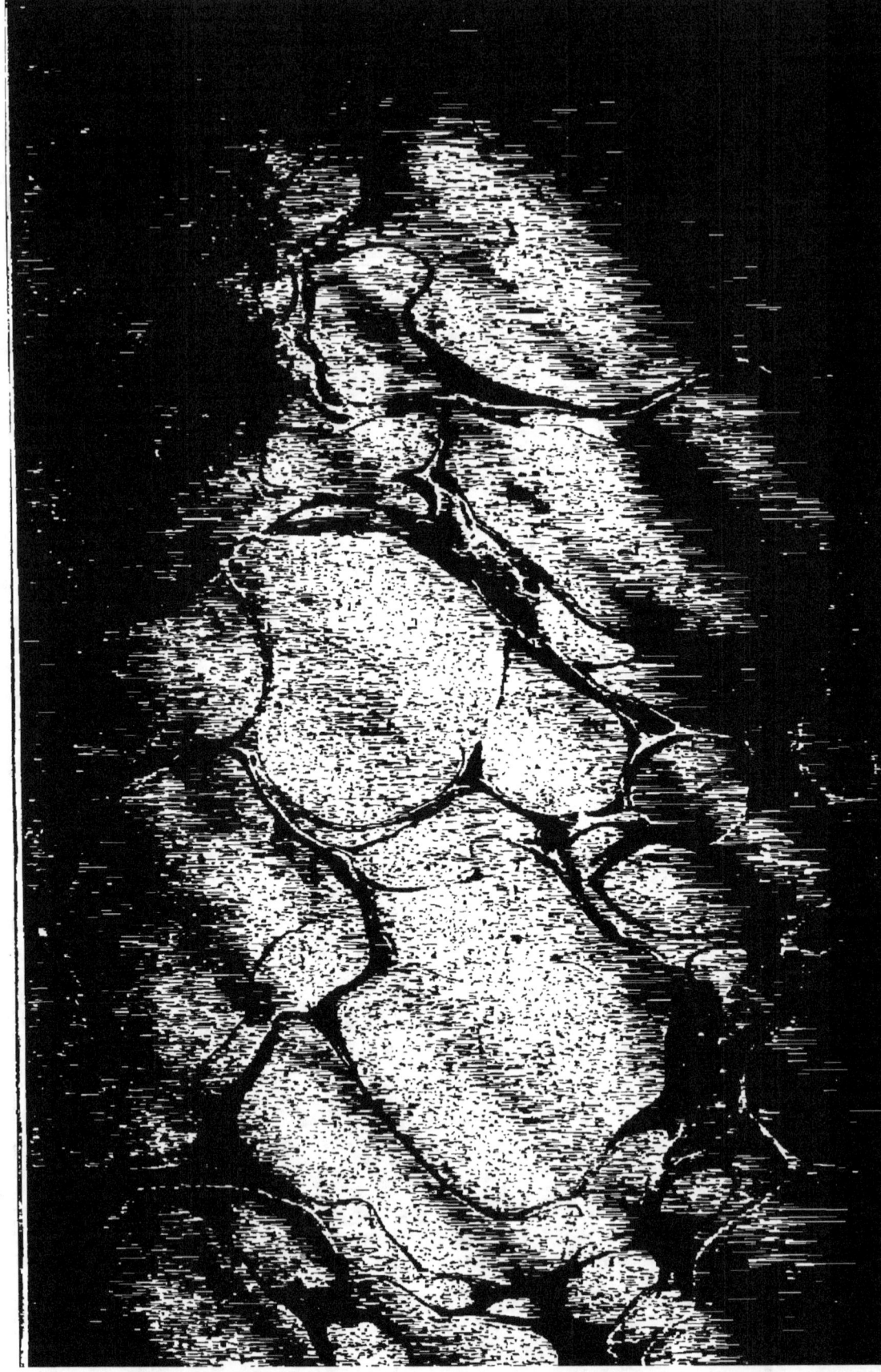